KB071366

청어詩人選 395

빈손 계산법

민예 김미화 시집

청어

책을 펴서 두 손을 모으고

고교 시절 철암장로교회에서 학생회 임원을 맡고 '샤론의 밤'이라는 문학의 밤을 개최하게 되었다. 그때 축시를 낭송한 것이 문학을 접하는 동기가 되었다. 그 이후 '시' 부분에 관심을 갖게 되면서 시를 지어보기도 하였다. 문학소녀의 감성을 안고 결혼 후 시를 공부하게 되었다. 아이들을 키우며 다른 분야의 음악 공부, 바리스타, 이혈. 그리고 방송통신대 유아교육까지 졸업하고 어린이집에 근무하였다. 현실적으로 부딪치는 많은 어려움과 힘든 것을 '시'를 통해 하나하나 풀어내면서 마음이 치유되는 것을 느꼈다. '시'가 현실을 긍정적으로 승화시키는 것이 크리스천의 길과 많이 닮았고 나의 정서와 닮아서 시에 더욱 매력을 갖게 되었다. 특히 충북문화재단 공모 당선을 통해 시집을 낼 수 있는 기회를 주신 하나님께 감사하고 지금까지 지도해 주신 증재록 선생님과 문우들, 묵묵히 애독자가 되어주신 엄마와 남편과 가족에 감사한다.

첫 시집 『빈손 계산법』은 아직 미숙한 부분이 많이 있지만 나의 마음을 표현한 기쁨의 열매를 엮은 것이다. 일상에서 시의 씨앗을 찾고 주변의 소소한 이웃과의 이야기를 담은 시 한 편이 누군가의 위로와 정서적인 쉼을 준다면 얼마나 좋을까? 돌멩이 하나를 던지면 강물에 파장을 일으키는 물수제비처럼 나의 삶에 '시'가 그랬다. 시로 인해 나의 자존감이 높아지고 어려운 현실에도 당당하게 맞설 수 있는 용기가 생기고 이웃의 아픔을 보듬을 수 있는 여유와 마음의 치유로 아름다운 시선을 갖게 되었다는 것에 감사한다.

2023 여름
민예 김미화

엄마! 사랑합니다

-첫째 아들 고예찬

내가 기억하는 우리 엄마는 늘 배움에 열정적인 모습이었습니다. 도서관으로 학원으로 자주 배움을 몸소 실천하시는 모습이었고 동생을 등에 업고 내 손을 잡고 꽃이 피면 꽃들과 대화하고 달이 뜨면 "달이 우리를 따라와, 왜 따라올까?"라고 하며 자연스럽게 자연을 통해 시상을 펼치는 모습을 자주 목격하였습니다. 남들과 똑같은 일상을 살고 평범한 생활을 하지만 늘 자신만의 색깔로 무언가 특별한 일상을 살고 계셨던 것 같습니다. 매 순간순간이 소재였고 아이디어여서 완성된 시를 읽어볼 때마다 공감에 고개를 끄덕이게 되었습니다. 주위에 친구도 많고 교회 봉사와 직장생활까지 병행하여 바쁜 스케줄 속에도 꾸준히 자신의 색깔을 시로 차곡차곡 모아서 이렇게 시집을 출간하시게 된 것 정말 축하드린다고 말씀드립니다.

직장인 어린이집 다니시면서 스트레스도 많으셨는데 시를 통해 긍정적인 시선으로 세상을 바라보면서 이겨나가시는 엄마의 모습을 떠올리며 자랑스럽다고 꼭 말씀드리고 싶었습니다. 이 시집을 시작으로 더 많은 사람에게 공감이 될 수 있는 작품 더 많이 쓰시길 바랍니다. 시집 출간을 진심으로 축하드리고 첫 번째 애독자로 늘 엄마를 응원합니다.

　엄마 사랑합니다.

노력이 결실을 맺는 순간

-둘째 아들 고희락

제가 어렸을 때부터 어머니는 매주 시창작 교실에 다니며 '시' 공부를 하고 맞벌이를 해서 바쁘신 와중에도 여러 편의 시를 써오곤 하셨습니다. 항상 자신만의 시집을 만드는 버킷리스트를 가지고 계셨는데 '노력은 배신하지 않는다'는 말처럼 드디어 어머니의 노력이 결실을 맺는 순간이 된 것 같습니다. 어머니는 시를 쓰시면서 항상 가족들에게 보여주며 피드백을 받곤 하셨고 여러 차례 수정 후에 시 한 편이 완성이 되었습니다.

여러 유명한 시인들이 있지만 저는 어머니의 시에는 감동이 있다고 생각합니다. 왜냐하면 어머니 시의 주제는 가족에 관한 얘기들을 진실 되고 꾸밈없이 표현하신다고 생각하기 때문입니다. 어머니의 첫 시집 발행을 진심으로 축하드리고 취미를 잃지 않고 꾸준하게 작성을 하여 2집, 3집이 되는 날까지 응원하겠습니다. 다시 한번 진심으로 축하드립니다.

사랑합니다.

차례

1예   노동이 묻어있는 향기

3예 눈물이 꽃비 되어

4예 처방전

5예 나이는 그릇을 키운다

발문

노동이
묻어있는 향기

김밥

전화를 받고 급하게 가야 하는 길
끼니를 챙기지 못해 김밥을 샀다
또각또각 정갈하게 썰어진 김밥
운전하는 남편 입에 쏙 넣어주기
안성맞춤 한 끼 식사

길쭉길쭉한 모양이 닮았고
싹둑싹둑 잘린 말 모양새가 닮아
가지각색의 꽉 찬 내용물과
사사건건 집안 이야기가 닮은
김밥

부부는 옥신각신
평생 좁혀지지 않는 평행선

한 끼 식사가 되는 김밥으로
자동차 안이 달달한
데이트 장소가 된다

시골버스에 저축한다

시골버스가 아침을 싣고
비틀거리며 고속주행한다

출산하지 못한 벼들이 일렬로 서서
차례를 기다리며 손 흔들어 배웅하고

피곤이 그렁그렁 기지개 켤 때쯤
귓바퀴를 자극하는 노동자들의 출근길

늦은 저녁 라면 하나 끓여 허기를 달랜
그들의 부은 눈덩이가
아침 햇살로 떠오르고

조로롱 어깨 위에 매달린
가족의 웃음이
혈관 타고 피우는 온기

반복되는 일상이 시골버스에 담겨
일당을 저축한다

라푼젤[*]

플라타너스 앙상한 가지마다
성탄 트리 조로롱 매달리면

손에 손 맞잡고 입김을 호호 부는 연인들
눈썰매를 끌어주는 아이들
분위기에 들뜬 강아지들의 탭댄스까지

스크루지 할아버지 이야기
성냥팔이 소녀의 사연
뮤지컬이 연출되는 거리마다
소복소복 흰 눈이 캐롤송을 풀어내고

눈보라 휘몰아치는
출퇴근 시간
까치발 들고 의자 위 한 키를 키우는 버선발 투혼
라푼젤이 되는 노모
가슴 한켠에 성냥 하나 그어서
간절한 기도로 긴 머리 풀고
긴 머리 잡고 오르내리는
자식들의 평안을
뎅그렁 뎅그렁~

*라푼젤: 높은 탑에 갇힌 동화 속 공주

빈손 계산법

사칙 연산을 하고
소수점으로 통계를 내어도
계산되지 않는 원리
가진 것이 많으면 나눌 수 없고
빈손이 되어야 나누는 원리

퍼내어도 쳐내어도 솟아나는 샘물은
계산되지 않는
마음 양식 가득한 창고

두 손을 펴 보니
구구절절한 삶의 흔적이
손금을 타고 흐르고 있다

여름을 지나며

음식을 준비하다가 살갗을 베어 피가 난다
지혈을 해도 멈추지 않아
싸매고 누르고
한참 지나서야 잠잠해진다

두툼이 불어난 상처
선홍색으로 아픔을 토한다

몰랐다 평소엔
아픔이 있어야 보이는 주변
부분 부분이 모여 덩어리를 이루고
무관심이 부른 참사로
서투른 조심성이 경험으로

화려한 무대 뒤엔
땀과 눈물이
상처만큼 깊어 있음을
앓아 보면 알게 된다

비눗방울

양손에 군것질거리를 들고 재촉하는 발걸음
가장의 무게가 달빛 타고 하품을 뿜어내자
아빠의 퇴근을 기다리는 아이들의 눈망울이
초롱초롱 은방울꽃으로 매달리고
허기진 뱃가죽은 아내의 밥상에 군침을 흘린다

아빠의 뒷모습은 모두가 저럴까?

퇴근을 기다리는 아이가 되자
금방 사라지고 잡히지 않는 비눗방울
어릴 적 아빠의 빈자리가
물수제비를 뜨며 가슴에 파장을 일군다

작업복

시내 행인들 대열에서
걸음을 재촉하는 옷차림
허름한 듯 특별한 복장이다
땀으로 얼룩진 디자인은
노동이 묻어있는 향기
마무리되지 않은 서류뭉치 한 아름

부모님의 꼬깃꼬깃한 용돈이
자식들 꿈이
가정의 소박한 반찬이
주머니에서 툭툭 너스레를 떤다

갑질 삿대질로 바느질되고
눈치로 다려진 반들거림
메이커의 로고는 없지만
맞춤인 한 벌 옷
당신만의 유니폼은 명품이다

겨울 아침

아침마다 창문을 열고
습관적으로 눈이 왔나 확인한다
운전을 하고 생긴 버릇이다
베테랑도 빙판길은 잼뱅이라는데
초보자의 가슴은 새가슴이 된다

소녀의 감성이 바싹 말라 가뭄 맞은 논바닥
겨울 풍경에 눈 돌릴 수 없이 직진 직진

틈도 없이 쉼도 없이
초록 불만 기다리는 나에게
살포시 눈 결정체 하나가 내려앉는다
옅은 미소를 띠며 "안녕" 하고 윙크한다
꽁꽁 얼어붙은 가슴이 열리며
얼음장 밑은 수맥을 띄우고
송사리 떼 노니는
하루의 시작이다

겨울 아침
감사로 일상의 첫 단추를 채운다

한 움큼

창문을 열었다
찬기가 살갗에 그대로 스며든다
서리가 내렸나?
눈이 왔나?
까치발 들고 주위를 둘러봐도
그저 평범한 일상인데
겨울이 앉아 있다

톡으로 옮겨지는 날씨 예보
따습게 입고 외출하란다

신종어에 낯설어
외계인이 되는 요즘
MZ 세대와 단절되는 이방인들
날씨 예보에 통일된 소통으로
마음을 녹인다
겨울을 한 움큼 안고
층층 발걸음을 옮긴다
설렘이 먼저 뜀박질한다

봄나물은 어머니의 약손

햇살 좋은 오후
지인들과 백야리 둘레길을 돌며
두런두런 이야기를 나누는 중
반짝이는 새싹의 미소에 시선을 빼앗긴다

이맘때쯤 들로 산으로 봄나물을 뜯던
어머니의 젊음이 스멀스멀 걸어 나온다
쌉싸름한 나물이 어머니의 손맛을 거쳐
입맛을 돋워
봄을 이기게 한 약초
코로나와 살아가는 이 시기
어머니의 약손이 날마다 그립다

산책길에서 만난 홑잎나물
추억을 따다가
노모 밥상에 놓아드려야겠다

시간의 변덕

이제 막 걸음마 하는 돌잡이가
천방지축 제멋대로다
꽃을 피워 좋아라 손뼉을 치더니
꽃샘추위로 주눅이 들게 하고
돌개바람으로 주위를 흩어놓고
하루에도 몇 번 변덕을 부린다

두꺼운 옷을 입었다
얇은 옷을 입었다
가늠할 수 없는 날씨에
계절별로 쌓인 옷이 입을 삐죽거린다

사람과 사람이 만나
어울림이 되기까지
변덕스러운 시간을 잘 나누어
서로에게 맛이 들어야 한다

개구쟁이 봄이 성숙하기까지

세찬 빗줄기의 장난에도
안개비의 부드러움도
바람이 부는 대로
햇살이 손짓하는 대로
시간의 변덕을 온몸으로 다 받아본다

호랑이 불

호랑이가 어흥~~
엄마의 무릎에서
이불을 끌어당겨 얼굴을 묻고
눈을 굴리며 들었던 옛날이야기

"호랑이 불이다"
야산자락에 작은 불빛 하나
바쁘게 길을 오른다
엄마 무릎에 몸을 숨기고 마른침을 꼴깍 삼킨다

화롯불은 없어도
붕붕거리는 바람 소리가
함박눈 되고
고드름 되어
차곡차곡 겨울로 쌓인 그날 밤

나이 오십
아직도 아기가 된다
존재만으로 울타리가 되는
엄마

엉겅퀴

첫째라는 이름이
얼마나 큰 부담이었을까
산언저리에 피어난 엉겅퀴의 외로움

다가가기엔
가까이하기엔
부담스럽다 여겼던 시간
아무렇게나 판단하고
빼곡한 가시만 보고

밤새 내린 비는
까칠한 가시에도 내려
온몸에 흠뻑 배어있다
비가 오면 젖을 줄 알고
해가 뜨면 웃을 줄 아는 평범한 자리
말할 수 없는 침묵으로
이제야 들여다본 틈으로
속울음 삼키며 키워온
검붉은 꽃망울의 해맑은 미소가
산등선을 오른다

미역국을 끓이며

마른미역 두어줌 물에 불린다
바다가 동그란 그릇 안에서 또아리를 튼다
비릿한 해풍이 일어난다
아련한 추억이 일어난다

쌀밥 한 사발
미역국 한 대접이면
동화 속 주인공 되어
우쭐우쭐 자랑하며
생일이 왜 1년에 한 번뿐이냐고
투덜대던 어린 시절이
미역국에서 풀어지고 있다

마디마디 굳은살이 박이고
세월의 흔적이 묻어진
어머니의 살가죽도
물에 담그면 허리를 펼까

초저녁 이른 잠에 빠진
어머니의 손길이
그릇 가득 담겨
푸른 웃음을 웃고 있다

햇살은 아무리 큰 그릇에 담아도 넘친다

야박한 삶에 화가 난다
나름대로 열심히 산다고 했는데
투덜대는 입술에 햇살이 스쳐 지나간다

잡힐 듯 잡힐 듯
잡히지 않는 현실을 쫓아
오르고 또 오르면
찰랑대는 유혹에
포기할 수 없는 번지 점프

과감히 뛰어내려
양팔 벌려 하늘을 온몸에 걸고
두 눈을 살며시 뜨면
저만치 발아래서 손을 흔드는 꿈들

야박한 삶에 억지웃음 한번 웃어보면
두려움이 자신감으로

햇살은
아무리 큰 그릇에 담아도 넘친다

억새의 가을 몸살

서걱서걱 멀리에서도 금방 들을 수 있는
억새의 지독한 기다림이
왜 그리 가슴을 저리는지

고열로
마음 깊은 생채기로
가슴 잡고 신음해 본 사람은 안다

넓은 하늘 아래
왜 나에게만
가혹한 가을 몸살을 앓게 하는 건지

손가락 꼽으며
계획하고 머리를 굴려봐도
내 힘으로 할 수 있는 건
조용히 눈 감고 두 손 모으는 것뿐

사랑하는 것이
사랑을 한다는 것이
사랑을 해야만 하는 것이

작은 떨림에도 소스라치게 놀라는
억새의 춤사위
시간 따라 퇴색될 쓰라린 추억

가시 하나에도 아픔은 있는 거야

꽃길을 걷다 보면 향기에 취해
아무것도 보이지 않아

돌짝 길을 지나고
모랫길을 지나
흙길을 걷는 중
작은 가시 하나 발걸음을 멈추게 한다

험난한 길
고이고이 걸어가고
평온한 길
성큼성큼 걸어가니
마음 놓은 나를 나무란다

긴장 속에
사뿐사뿐 걸으란다
아픔 어루만지며
사랑하는 법을 배우란다

가시 박힌 발을 어루만지며
시선을 떨군다
빨갛게 지친 부위를 보듬는다
상처는 남겠지만
무뎌지는 현실 앞에 헛헛 웃음이 나온다

눈 덮인 아침

그렁그렁 눈물 자국 훔치는
아낙의 한숨 소리가
온 하늘 가득 송이송이
세상을 덮는다

가슴이 터질 것 같은 사연
겹겹이 쌓여 빙판을 만든다

사방이 온통 벽으로 둘러싸인 길
캄캄한 미로 속에서 헤매도
침묵만이 유일한 정답

아침을 깨우는 안쓰러운 어깨 위로
눈송이가 내려앉는다

나는 나

별은 왜 한 개일 수 없는가?

가정마다 불빛이 새어 나오는 시간
텔레비전이 가랑가랑 토악질하면
웃고 떠들며 장단 맞추는 가족
종일 오른 열기가 잠시 피로를 접자
노모의 이른 새우잠이 밤을 재촉한다

별 하나 나 하나 평범한 일상 속에
하나하나 쓰이는 일기
이맛살 찌푸림도
가슴 속 한숨도
거미줄처럼 옭아져
추억이 되고
웃음이 되고
노래가 되는
은하수 오선지

혼자인 듯
혼자 반짝이지 않는 별

철없는 봄의 재롱

개나리 울타리로 햇살이 정갈하게 부서지는 오후
매스컴으로 연신 보도되는 꽃의 만개
한숨 소리만 지켜보고 있다

서민들의 눈가엔 눈물이 툭 터질 것 같은 현실

손가락을 입가에 대고
조용히 하라고 주의를 주어도

방긋방긋
곳곳에
꽃망울 피우는
철없는 봄의 재롱에
헛웃음을 웃고 만다

가을의 유혹

대롱대롱 매달린 푸른 물주머니가
톡 하고 건드리면
오색꽃가루와 함께 기쁨의 탄성 들려질 것 같은
푸른 하늘의 유혹과
넓은 가슴 다 내어주고
숙연히 추수를 기다리는 벼들의 인품과
포르르 포르르
인기척을 인식한 참새 떼의 몸놀림이 어우러진
가을 풍경이다

산책 중에 만난 갈충이 한 마리
나무꼬챙이에 장난기를 달고
조심스레 다가가는 개구쟁이를 인식하고
목숨을 연명하듯 부지런히 도리깨질한다

하찮은 미물도
가을풍경에 유혹되어 저리
바쁜 걸음을 옮기는 걸까?

유혹에 빠져
혼미해진 체
아름다운 가을을 닮기에
내 작은 가슴이 아리다

가을이 오나 봐요

레슨을 받으러 간 아들을 기다리며
동네 공원을 산책하다가 벤치에 앉아 땀을 식히고 있는
중이다
먹이를 물고 꼬물꼬물 기어가는 개미를 만나고
파도 소리를 내는 매미의 시원함을 만끽하며
스멀스멀 졸음이 쏟아질 때쯤
한 무리의 소그룹 단체의 웅성거림
제각기 가방을 열어 도시락을 꺼낸다
시시각각 몇씩 앉아서 도란도란 이야기꽃을 피운다
저만치 떨어져서 수줍은 도시락을 꺼내 눈칫밥을 먹는
한 사람
곁눈질하는 수줍은 도시락이 나의 시선을 끈다
보리밥에 김치 몇 쪽
낡은 의복에 땀을 흘리며 한 끼를 해결하는 노동자
오도 가도 못 하며 이방인이 된다
그들 공간에 속해있지만 도시락이 없는 나는 거른뱅이다
도시락 모양을 갖춘 책장만 넘기며
알알이 박힌 글자만 오물오물 먹고 있는데
포물선을 그리며 가림막을 그어주는 나뭇잎 한 장

그대가 있어 편안합니다

투약을 의뢰하는 학부모의
짧은 메모가 설레게 한다

엄마와 헤어지며 울던 아이가
놀이하며 까르륵 웃음으로
친구를 알아가고
사회를 배워가며
좋다 싫다 자율 의지가 자란다

엄마의 품에서 벗어나
자신을 찾아 꿈쟁이가 되는 과정

사랑을 심었을 뿐인데
마음을 줬을 뿐인데
함께 추억을 만들었을 뿐인데

'그대가 있어 편안합니다'
잔잔한 울림으로
감사로 행복으로 보람으로
사명을 다짐하는 보육교사

공평한 선물

호화저택에 사는 사람들과
목숨을 연명하기 위하여
진흙탕물을 마시는 오지의 영상이
텔레비전을 통해 조명
마음에 파문이 인다

에어컨을 사라고 권유하는 지인의 말에
아직은~ 얼버무렸던 말이
송곳질이다

폭염에
열대야까지 혓바닥을 빼고 있다
웅덩이에 고인 말이 회오리처럼
등을 타고 내리는 땀이 속옷까지 적신다

선풍기에 의존한
가족들의 더위 탈출구
양쪽으로 열린 창문을 통해
산바람이 다가온다
차별 없이 다가와 안기는 바람이 고맙다

땀내로 살아가지만
살며시 미소 지을 수 있는 건
그분이 공평하게 주신 특별한 선물이다

금계국

허리케인보다 몇백 배의 위력으로 핥고 있는
코로나19의 상처
겨우 숨만 할딱인다

도마 위에 겨누어진 칼끝
마지막을 기다리는 물고기처럼
언제까지 기다려야 하나
끝자락이 보일 듯 말 듯 한 순간
또다시 연장되는 두려운 나날

사명의 길을 걷는
숨 가쁜 안쓰러움 앞에
묵묵히 침묵해야 하는 일원으로
그저 미안하여
마스크와 거리 두기로 최소한 양심을 선언한다
설상가상의 얄미운 폭염은 마스크를 삶아대고

헤픈듯하나 당당한 우아함으로
노오란 미소를 짓고 있는 길가의 금계국이
노스텔지어의 리본으로
두 손 흔들며 응원한다

나는 나

쓰나미처럼 고난이 닥칠 때
힘에 겨워 말할 기운조차 없을 때
내려놓는 연습을 한다

빗줄기 거세어질 때
비가 그치기를 기다리지 말고
우산 들고 당당히 맞서는 연습을 한다

환경이 나를 가두고
움직일 수 없는 압력을 재촉하지만
그 속에서 한 줄기 빛을 찾는 연습을 한다

나는 나다

쓰나미 고난도
거센 폭풍우도
압력에 차 움직일 수 없는 환경에서도
긍정의 힘으로
토닥토닥 쓰담쓰담 어깨를 만지면
뒷짐 지고 저만치 물러났던
감사가 손을 내민다

달리는 것보다 멈추는 것이……

세월 속에 묻어둔 장롱면허
이제 겨우 핸들을 잡는다
삐뚤빼뚤 마음과 달리 도로를 질주한다
온 가족의 관심사
"잘 다녀왔어?"

하나님! 핸들 함께 잡아주세요
출근하기 전 똑같은 기도로 핸들을 잡는다
도로 위 자동차는 모두가 자유로운데
긴장과 늦은 속도
민폐를 끼치는 서투른 자동차

괜찮아!
처음부터 잘하는 건 없어
격려하고 응원하며
다독이자 편안해지는 몸놀림

달려달려 도착하면
더 큰 난관

달리는 것보다
멈추는 것이 더 중요한 것임을
늦깎이 운전으로 깨닫는다

나만 아니라 너도 있었구나

지속되는 바이러스와 사투
얄밉게 계속되는 폭염
바늘 끝만 닿아도 폭발할 것 같은 팽팽한 가슴

푸른 꿈을 안은 하늘아
바다 위를 비행하는 갈매기야
답답한 이 현실을
가슴 쳐도 쉴 수 없는 가쁜 호흡을
어쩌란 말이냐

웅크리고 앉아
우울의 늪에서 허덕이는 순간
쿵!
심장을 두드리는 짜릿한 자유
뻐꾹! 뻐뻐꾹! 뻐꾹!
더위와 싸우고 있는 건 나만 아니라 너도 있었구나
현실에 굴하지 않고
최선을 다하는 너에게
자유를 누리는 방법을 배운다

새 술은 새 부대에

겨울비가 차곰차곰 내린다
종일 이어서 밤샘을 각오한 듯
바통 없는 릴레이를 한다
묵은해를 지나 새해와 손잡고 축배도 든다
넘실넘실 출렁이는 잔을 부딪치며

새 술은 새 부대에 담으라는 성경 말씀처럼
새 부대에 담긴 한 해의 즐비한 계획들

힘들었던 지난해의 기억을
조각배에 실어
휘이~ 휘이~
두 손을 모아 기도로 떠나보낸다
이 또한 지나리 모두 지나리 멀리 멀리 지나리
기억하고 싶지 않은 숨 가쁜 잔해가
가슴을 송곳질할 때
연약한 가슴은 무릎 꿇고 두 손 모은다
온유한 자는 복이 있나니
땅을 기업으로 받을 것이요
잔잔히 들려지는 음성

이 또한 지나가리

엄마? 아니 선세미야
이제 말문이 트인 영아의 소통이다

힘도 들지만
똘망똘망한 눈동자에 빠져
사랑의 화살을 쏘는 큐피드
이제 내려놓자
마음을 접었다가 또다시 일어서는 오뚜기 요정

스승의 날을 맞이하여
겸손히 사명을 다짐해 본다
나를 나답게 한
스승님들의 그림자를 밟아보며
선생님으로부터
선생님이 되어
또 다른 선생님을 길러내는 일은
역사를 밟아가는 소중한 걸음이다

두 손 가지런히 모아 스트레칭하고
두 다리 콩콩 두드려 안마하고
힘든 한숨 바구니에 담는다

어둠을 뚫고 빛을 수놓는
별 무리의 속삭임이 들린다
이 또한 지나가리
내일을 위해 크게 심호흡을 한다

자유로운 변신

종일 아이들과 별과 달을 그리다가
더위에 땀범벅이 되고
초췌한 몰골로 퇴근하면
가정주부로 변신이다

가족과 식사를 마치고 나면
얻어지는 자유!

창문 열고 마파람 치는 자연을 꼭 껴안는다
밤이 주는 첫 번째 선물이다

피곤이 따라다닌 흔적의 악취를
거품으로 다 떠나보내면 두 번째 선물이다

향긋한 밤과 함께 이불을 덮으면
자유로운 미소가
밤하늘에 별로 송송 박힌다
세 번째 네 번째 다섯 번째……

셀 수 없이 많은 선물이 반짝일 때
동화 속 주인공이 되어
가르랑가르랑 단잠에 빠져
새롭게 다가오는 내일의 선물

설렘은 커피 향을 타고
밤을 재운다

소나기의 교훈

아침 창문을 열어 날씨를 확인한다
햇살에 웃음으로 일상을 시작한다
곱게 차려진 옷매무새에 향수를 뿌려 마무리
신발을 신는 순간
갑자기 쏟아지는 소나기에 머리가 어질
일상이 흩어지는 순간
혼미한 현실이 된다

묵묵히 따라만 가는 개미들의 행렬에
잠깐의 소낙비가 이탈의 매개체가 된다는 것을
반평생을 살고서야 알게 된다

응어리진 멍울
빼곡히 박힌 옹이
마디마디 삐걱이던 관절이
잠깐 내린 소나기 앞에
시원하게 씻겨진 잔해들

당연한 듯 일상에 감사를 모르고 살아온 나
작은 것이 얼마나 큰 힘이 되었는지를⋯⋯

장밋빛 용돈

제대한 아들이
만기 된 적금을 두 손에 들려준다

긴장 속에 보낸 시간이
웅크리고 살며시 고개를 든다
짠한 감동에 코끝이 아리다

아들이 군 복무 동안 뉴스에 귀를 바짝 대고 살았다
입가에 침이 마르면 몇 번이고 곱씹으며
두 손을 모은 기도

애잔한 통장에 차곡차곡 쌓인
값진 향기와 온기가 스멀스멀 긴장을 푼다

참고 잘 견뎌준 어깨와 까까머리를 보며
장하다! 고맙다!
포근하게 안아주자 가슴을 적시는 장밋빛 날개

아빠 꽃

마트 구석에서 손을 흔드는 키 작은 화분 하나
들었다 났다 망설이다가 집으로 배달
몇몇 가지에 봉긋이 맺힌 꽃망울
금방 꽃이 필 듯 미소를 띤다

저녁상을 차리며 내내 가슴이 벅차다
심장에 혈맥이 돌고
가쁜 숨을 몰아쉰다

어린 시절 무등을 태워주지 못해서
고교 시절 야간 자율 학습에 마중 오지 못해서
웨딩길에 손잡아주지 못해서
살며시 속삭여 주는 음성 "미안해"

그리움도 추억도 없다
반평생 나에겐 없던 언어
'아빠'

치자나무가 심긴 작은 화분이
남겨주신 깊은 향기를 싣고
앙증맞게 앉아 있다
팡 터트려질 아빠 꽃

낡은 가을의 설렘

화장대에 앉아
하루를 찍어 바른다
투명 얼굴에 순서대로 옷을 입혔더니
가을 단풍이 배시시 웃는다
틈을 비집고 내 얼굴도 따라 웃는다

설렘으로 옷을 차려입고
흥얼거리며 콧노래를 섞는데
한숨을 길게 내쉬는 쓰레기통
꽉 차 오른 쓰레기통

이기적으로 쑤셔 넣은 허영과
낡아빠진 몰골에 대한 무관심
하나 둘 추억으로 떨어질 갈잎
한 편의 모노드라마가
낡은 가을에 익어간다

겨울비가 내린다

불도 켜지 않은 깜깜한 주방에서
밥 한 덩이 국에 말아 끼니를 들이켠다
혼자 먹는 조촐한 밥상이
가슴을 아린다

다이어트
건강관리
예뻐지려고 먹지 않는 것뿐인데
뭐가 그리 미안한지
눈치 아닌 눈치를 보는 아침상

하고 싶은 대로 다 하는 갑
세월과 함께 늘 미안한 을
뗄 수 없고 바뀌지 않는 관계

밥 먹었니?
말 한마디에 무너지는
사랑

사부작사부작 비가 내린다
가슴 아린 만큼 부모로 성장하는 마음에

눈물이
꽃비 되어

우렁각시

땀 흘려 일하면 누구랑 먹고살까?
니캉 나캉 먹고살지
동화 우렁각시 이야기

몸도 마음도 지쳐있는 시간
주부의 피곤은
가을볕에 널린 고추 되어
하늘만 바라본다

얼마쯤 잤을까?

압력밥솥의 현란한 춤사위가
남편의 해맑은 웃음으로 번지고
노모의 시래기 된장국냄새가
입안에 침을 모은다

동화 우렁각시 이야기는
우리 집에서도
연작으로 이어지는 진행형이다

겨울연가

앙상히 드러난 나뭇가지 위에
잎사귀의 겨울연가가
애잔하게 울려 퍼진다

작년과 올해가
맞닿은 시간
송구영신의 잔치를 치르고 나서야
한살이 또 보태어졌다는 것을
뾰로통한 입꼬리에서 확인한다

찬찬히 시간을 더듬어보면
다듬는 훈련으로
내가 나 된 것에
톡톡 어깨를 토닥여 위로한다

나이를 먹는다는 건
또 한 살의
어른으로 성숙해지는 거라고
귓속말로 속삭여준다

앙상히 겨울연가를 연주하는 나뭇잎도
마지막을 떨구고 자신을 낮추는 용기
새로운 나이를 먹기 위해

죽(竹)통밥

공간에
쌀을 넣고 대추 콩 밤 잣을 더하고
물로 틈을 채워도 채워도 보이는 공간
끝내 채워도 채워지지 않는
실향민의 배고픔
가족이 함께 먹는 죽(竹)통밥
홀로 남겨둔 노모의 자리가
허기진 배를 아리게 한다
그리움은 죽통밥의 빈 얼굴을
채워야 할 고향
노모의 곁으로 달려간다

까치밥

이파리 한 장 남지 않은 나뭇가지에
띄엄띄엄 매달린 가을
까치가 한 잎 베어 먹고
갈충이가 먹고 남긴 생존 자국에
바람의 흔적까지

아프면 아픈 대로
힘들면 힘든 대로
숨기지 말고 살자

바람이 불면 흔들리고
비가 오면 스며들고
눈이 오면 함께 얼어보며
있는 대로 살자

생존 자국이면 어때
색 바랜 추억 하나 들고
한켠을 내주며 여유로 살자

매미

급한 기별이 있는지
전화기에 이미 귀는 가 있고
마른침 삼키며 빨라지는 맥박에
멈추어지지 않는 내리막의 자전거 바퀴처럼
다가올 결과만을 기다리며
눈동자만 굴린다

이미 던져진 주사위
숫자만 헤아리며 시간을 가름하는 나날인데

매미 한 마리 내 품에 날아와 안기네
온통 땀내로 얼룩진 오후
바람조차 움직이기 싫어
흔들림이 없는데

왜 하필 이 시간에 나에게 왔을까

바람의 향기

햇볕이 강렬한 오후
창문 열어 바람을 맞이한다
소름으로 향기를 꽂아놓는다
뻐꾹새 울음소리도
꿩의 울음소리도 덤으로 찔러주는 여유
시간에 받은 선물이다

풋풋한 상추와 쌉싸름한 들나물
풋마늘에 시큼한 김장김치
침샘을 자극해
숟가락부터 달짝지근해진다
노모의 상차림은 언제나 예술이다
이 시간이 보약이다

총총거리며 시간에 쫓겨 살던 생활
잠시의 여유가
감사와 미소로 살을 찌운다

배신의 흔적

나이가 드는가보다 햇살도
옷차림이 산산하다

단풍잎도
국화도
조롱조롱 매달린 열매도
갈충이들까지
수다를 떨고 다닌다

잡으려 하나 잡을 수 없고
피하고 다녀도 피해지지 않는 세월

검은 틈으로 뾰족이 내민 혓바닥
언제부터 자라고 있었을까
40년을 함께 지낸 시간을
배신하고 약을 올린다
흩어진 머리카락 틀어 올려
정리한 것뿐인데 세월의 흔적은
하얀 혓바닥을 날름대며
세월을 물들인다

꽃샘추위

아직도 끝나지 않은 전쟁
밀리고 당기고 팽팽한 기 싸움
추웠다 더웠다
웃었다 울었다
약육강생

호흡을 가다듬고
한 치 양보 없는 긴장감
까치 떼의 교란작전에
공습경보 울리고
뒷걸음질 치는 동장군

계절별 옷을 꺼내놓고
입고 벗기를 여러 차례
속살을 파고드는 추위
입술이 덜덜 떠는 추위

물러난 동장군의 위력만큼
포근포근 다가오는
진눈깨비의 행군에도
나무마다 꽃눈이 맺힌다

눈 온 날

눈 온 출근길은
거북이가 된다
빵빵거려도
느릿느릿 거북이다

거북이는 말이 없다
진땀을 흘리느라
속만 탄다

빨리 달리고 싶은 꿈을
날마다 꾸는
난 거북이랑 동급

라일락

첫사랑 아픔이 가슴 칠 때
빼꼼히 얼굴 내민
수줍은 미소
사랑은 사랑으로 잊으란다

너의 향기로
나의 향기로
한 아름 보라 향기로

툭! 툭!
떨군 눈물이 친구 되어
뻐꾸기 노래로
참새의 수다로
코끝 가득 향기 되어
우정 꽃으로 피어나길

면접

눈길 끄는 벌레 한 마리
알록달록 옷을 입고
이름도 알려주지 않고
시선을 자극한다
위험이 감지되어
발길을 멈추고 안전지대에 놓아주자
인사도 없이 제 일에 몰두한다

일대일의 만남
외모가 시선을 끄는 만남
속을 보여주지 못해
벽과 벽이 공존하는 시간
너는 내가 될 수 없고 나는 네가 될 수 없는
다리를 서성인다

면회 가는 길

덥다 덥다를 연거푸 말하는
물오른 더위에
아들이 오라는 한마디에
좌우 볼 겨를 없이
오직 직진만 한다

수없이 뒤로 지나는 나무가 곁눈질한다
더위에 뽕긋뽕긋 열매를 안고
젖을 물리는 나무의 비릿한 젖내가
햇살을 타고 부서진다

자동차가 속도를 넘어 달리지만
두근대는 심장이 먼저 손을 흔든다

나무마다 아들의 환한 미소가 조롱조롱
이파리 되어 달려있다

들국화

잠시 발길 멈추고
쉬어가라고
들국화는 가지런히 피어나지
겹겹 묻어진 먼지 자락
툭툭 털고 가라고
꽃잎 하나하나에
가을 향기 묻어 놓고

그렁그렁 눈가에 이슬 맺힐 때
거울삼아 웃어보라고
발길에 채이도록 가까이 피어나지

바다는 바보다

바다는 바보다
가슴에 피멍을 안고 사는 바보
감추다 감추다
피멍이 멍울로 일렁이는 쪽빛이다

잔잔한 생채기
밀려오고 밀려와 숨 쉴 수 없는 너울로
상처가 곱절이 되어 만성이 된 지금
파도로 풀어내는 중이다

갈매기 끼룩~
물고기 떼 뻐끔뻐끔
불가사리까지 덩달아 춤을 추는
산만한 놀이터

한숨 내려놓고
모래 위에 누워 썬텐으로 마음을 누인다
너덜너덜한 일상이
햇살에 부서져 신선한 바람으로 한 모금 목을 축인다

또다시 이어질 일상이지만
숨 고르기 후 오뚜기처럼

벚꽃

무척 힘들었구나
봉긋 입술 부르튼 것을 보니

조잘대는 참새의 수다
구름의 허언
바람의 너스레까지
온몸으로 받아 꾹꾹 눌러 참고
조각 잠을 자며 아우르는 춤사위

얼마나 아팠을까

침묵으로 피어난 꽃 무더기
눈물이 꽃비 되어
훨~ 훨~ 자유로이

봄 음악회에 초대받다

흐드러지게 차려진 무대 위에
개선가를 부르는 소리
벌들이 협연한 오케스트라 연주다

색색 폭죽이 터지고
벚꽃 양탄자를 밟고
사뿐~ 사뿐~ 리듬을 타며
향기 몰고 오는 봄봄 축제

솔리스트 명자꽃의 드레스 자락에
마음까지 나풀거리는 설렘이다
너에게 빠져
멈춰진 시간이 고개를 든다

빈자리

출타 중인 노모의 빈자리에 물통 하나
구석구석을 세척하며 허전함을 달랜다

세월 따라 구부러진 관절
겹겹이 묻은 혈관 먼지
연세의 숫자가 힘겨워
병원을 찾는 횟수도 나이를 먹는다

깨끗이 세척된 물통을 보며
노모를 힘들게 하는 나쁜 병도
세척해 드리고 싶다

처방전

소금쟁이

이탈된 순간
이미 예고된 곡예였다
미끄러지며 점프도 했지만
좌절은 수십 번
두려웠다면 포기했을 일
아홉 번 넘어지고
열 번째 일어나는 기적을
조그마한 너에게도
뜨거운 심장이 있다는 것을

순종

더우면 더운 대로
추우면 추운 대로
말없이 품는
나무 한 그루를 쓰다듬으며

덥다 덥다고 쫑알거리자
나뭇잎을 세워 그늘을 내준다
추워 춥다고 하자
가지를 뻗어 꼭 안아준다

불평만 토해내는 철없는 나
자연은 말없이
아낌없이 자신을 내어준다

스스로 서 있어야 할 자리에서
스스로 해야 할 일을 묵묵히 하는 것

끝없이 조건 없이
그 어려운 것을 하면서
순종으로 성숙해지란다

숨겨진 봄

햇살에 끌려
반질거리는 쑥을 뜯고
한들거리는 달래와 망초대
봄을 한 움큼 잡는다

청춘을 숨겨놓은
노모의 봄이
틀니에 베어 입맛을 잃고
기운 없는 청력마저 이탈
삐걱대는 관절의 야속함까지

쌉싸름에 침이 고이고
코끝을 울리는 봄나물이
노모의 미소를 깨운다

스폰서

어린 시절 특별한 날이면 먹던 짜장면
졸업식이 끝나고
중화요리 집 앞을 군침만 흘리고 돌아오던 가족

오 남매의 육성회비를 매달 돌려가며
납부해야 했던 엄마의 젊음은
종종걸음 되어 이마의 주름을 만들고
관절마다 약봉지만 쌓아놓는다

두 아이의 등록금과 방값에
고민하는 한숨 소리가
노모의 꼬깃꼬깃 접힌 노령연금을 축내게 한다

미각마저 나이를 먹은 노모의 입맛은
물에 말아 한 끼 한술이 되고
오늘은 짜장면을 사드렸다

어린 시절 특별한 그날이 중화요리 집에서
방글방글 까만 미소를 짓고 있다

시험 기간

무더위가 기승이더니
천둥을 동반한 억수비가
더위와 번갈아 가며
심리테스트를 한다

짜증과 인내를 품고
열심히 시험을 치르고 있다
흐르는 땀을 에어컨에 씻어보고
선풍기에 털어내도
땀 냄새로 남은 하루의 피로는
계속 따라다니며 재촉한다

비누로 거품을 내어
비눗방울에 하소연한다
투덜대는 나에게 귓속말로 이야기한다
불평은 더 큰 불평이 되고
감사는 작은 것에도 감사가 된다고

심리테스트의 정답을 커닝해
겨우 합격선에 도달이다
시험은 늘 어렵다

엄마 놀이터

생선살을 발라 자식에게 먹이고
뼈에 붙은 생선 향으로 끼니를 때우시던
자식 바라기 어머니

아프면 더 아파하고
울면 함께 눈물 흘리고
웃으면 더 기뻐 웃으시던 어머니는
자식의 거울이지요

밥상머리교육
공동체로 살아갈 약속
올곧게 자라기를 두 손으로 기도하는 어머니
사명으로 시작한 또 다른 이름

웃으면 함께 웃고
즐거우면 함께 즐거워하는
땀범벅이 되어도 깔깔거리는 놀이터
교사인 나는 엄마입니다

우물물 속에 빠진 두레박처럼……

어릴 적 시골 마을에 있던
하나뿐인 우물이 그립다
올망졸망 개구쟁이들의 장난으로
긴 줄 두레박이 우물 속에 빠져 허우적대고 있다
짓궂은 장난에 온 동네 사람들이 들썩이던 그날 그 풍경이……

오늘도
내일도
기약 없는 짙은 한숨으로

만남도
깔깔거리던 수다도
마스크 속에 숨어서 눈치만 본다

삐-삐용 삐-삐용
어김없이 찾아오는
휘파람새의 여름 인사가 아리다

이 가을

한차례 불어온 바람이
여름내 공들인 소산물을 탐내어
툭툭 간을 보며 나뭇잎을 떨군다
추수도 하기 전

하루 식량을 조달하는 까치들의 만찬에
숨구멍을 찾는 갈충이들의 분주함도
마지막 잎새를 챙기는 나뭇가지의 운명도
가을 절정의 몸짓이다

시작보다 마지막이 아름다운 건
남은 열정을 불살라
자신을 밝히는 촛불의 운명처럼
최선을 다하기 때문이리라

겸손히 손을 내밀어 잡아본다
마지막 열정을 품은 가을의 속삭임을

재래시장

자동차 할부금이 모자라
남편 비자금을 호출
통장이 채워지기 무섭게
등록금이 물어 가고
보험료가 물어 가고
지방세까지
자동차 할부 어쩌나
동동거리는 발걸음에
아들 알바비가 어깨를 툭 친다

서민들 가계부는
고무줄 바지에 잰걸음

남은 잔고
만원
노모의 입맛
남편의 입맛
아들의 입맛
하나하나 바구니에 채우고
나물 하나 샀더니 덤을 얹어준다

야박한 세상에 넉넉한 행복이 미소 짓는
재래시장은 키다리 아저씨

처방전

청소기 흡입기를 통해 쌓이는
집합체가 빙글빙글 춤을 춘다

수없이 달라붙은 언어의 상처가
스트레스를 쌓는다

입아귀까지 들어찬 부수물을
쓰레기통에 쏟자
먼지가 기침을 한다

흡입구 통을 씻어 말리자
애교를 떨며 처방전을 내민다

친구야

이렇게 비가 많이 올 때면
재래식 화장실 수문을 열고
동네 아저씨들이 모여 시끌시끌
다리의 키를 넘어 넘실대던 그날의 물보라가

흙탕물이 지나고
달빛 받은 개울엔 아낙네들의 뽀얀 속살이 모여
하하 호호 수다로 밤을 익히던
그 냇가

다리 양쪽에 서서 박수를 치며
지나는 소녀의 볼을 붉히던 그 개구쟁이들
어디서 무얼 할까

물 따라 거슬러 오르면
어릴 적 그리운 동무들이
우산 들고 마중 나올까

추억이 강물 따라 흐르던 그 냇가가
이렇게 비가 많이 오면 늘
굵은 빗줄기에 몸을 싣고

카네이션

오월 한 자락에 앉아
속울음 울어가며
꼬깃꼬깃 날개 접어
꽃이 된 이름

부모의 길
스승의 길
구비 굽이 돌아 도라
구기고 구겨져
인생의 중심에 서면 알게 될까

고귀한 가르침
기침 소리마저 숨죽여
사뿐사뿐 그림자로 따라갑니다

태풍

아고고 후~유
어떡해
어쩌냐
노모의 노래가 되어버린
버리지 못한 어깨짐

산해진미 밥상에서도
국 하나에 찬밥덩이 말아 드신
오랜 습관
자식들 걱정에도 아랑곳 않고
외길을 걸으신 흔적

습관으로 굳어진
자식 향한 굳은살의 노래가
태풍의 위력만큼
멀리멀리 흔적 없이 사라지길

백야리 저수지

구름이 뿌려놓은 빗방울을
모둠 모둠으로 나누어 놓은
백야리 저수지
듬성듬성 놓인 좌대 사이를
바람이 핥고 지나고
사부작사부작 노루가 지나고
땅강아지도 바쁘게 지나간다

아무것도 보이지 않는 그 밤에
애기똥풀꽃이 몰래 한 입맞춤
지천이 노란 향기로 피어나고

걸음마로 시작하여
백발의 지팡이가 되기까지
울음도 웃음도 추억 보따리
찰랑대는 저수지에 하늘이 걸터앉아
낚시한다

행제리 이야기

사뿐히 덮개까지 놓인 노모의 밥상
조물조물 무친 봄나물이 입가에 침을 모은다
입맛 없다 투덜댔던 딸의 넋두리를
햇볕에 그을린 호미자루가 이야기한다
두둑이 채워진 허기를 달래고
이부자리를 펴자
하품이 먼저 자리에 눕는다

망월봉을 따라 구름 한 점이 손짓을 한다
처진 어깨를 툭 치며
시간은 지나가는 거야
지나고 나면 힘든 것도 추억이 된다고
두 손을 꼭 잡고 입김을 불어준다

행제리 효자정문에
가슴으로 미안해를 새겨놓는다
노모의 피곤이 차곰차곰 이슬비 되어 내린다

민들레

지천에 피고 지는 꽃
무릎을 꿇고 가장 낮은 곳에서
병든 자에게 약이 되고
가난한 자에게 다 내어주는

밟히고
찢기고
남은 살점까지 훨~ 훨~ 멀리 이식하고
물과 피
마지막 한 방울까지 아낌없이
쏟아놓은 사랑

민들레 향기로
가만히
안아봅니다

호박 한 덩이

이른 봄 비닐 캡을 씌워 심어 놓은 호박 한 포기
사방으로 줄기를 뻗어
하늘을 만나고
바람을 만나고
소곰소곰 정을 품더니
덩이덩이 한 덩이씩 호박을 안겨준다
여름내 병 앓이를 한 노모의 입가에
쓴 약도 맛난 음식도 고개를 흔들던 쇠약한 기력에
살포시 번져가는 미소

차곡차곡 줄기 뻗어 호박 이파리로 숨겨두었던
아릿한 너에게 엄지손을 치켜든다

아무나 같은 사랑을 줄 수 없음을 겸허히 배운다
최고를 선물한 호박 한 덩이 안고

금왕에 자리를 펴고

산산 가득히 쌉싸름한 더덕 내 피어나고
둘레둘레 둘레길 따라
오붓하게 삼 형제가 손을 잡은 곳

모락모락 지붕 연기 사라진 지 오래지만
정으로 엮어진 실타래가
굴러 굴러 오늘을 풀고 있다

천년의 세월을 일궈 오늘까지

자린고비로 일궈진 땅에
제일 낮은 자리 내어줍니다
사랑이란 이름으로

나이는
그릇을 키운다

나이는

나이를 먹는다는 건
숫자만 채우는 것이 아니다

울컥이는 가슴을 쓸어 담아도
덤덤히 받아들일 그릇을 키우는 것
어차피 담아야 한다면
큰 것이 되자

상처도 담고
아픔도 담고
그리움도 눈물도
모두 꾹꾹 눌러 담아
썩썩 비벼서
입맛 돋우는 비빔밥처럼
어우러진 맛을 내자

숫자만큼
나이도 키가 크자

이른 아침의 초대

빠삐리용 빠삐리용
휘파람새가 아침을 초대한다
잠이 덜 깬 안개가 하품을 하고
부스스 기지개를 켜는 나무들의 투덜댐들
늘 부지런을 떨던 해님도
오늘은 늦장이다

집을 떠나 동무들과의 캠프 속에서
더럽혀진 옷가지만큼이나
추억도 겹겹이 묻혀서 올
아이들의 재잘거림

이른 아침을 초대한 휘파람새는
또 다른 비상을 꿈꿀
아이들의 행진곡이다

춘곤증

봄비 따라온 꽃샘추위가
꿈틀거리는 끼를 주체하지 못하고
어깨를 달싹거리며 머릿결을 흔들어댄다
쩔룩대는 엉덩이 춤사위도
더 이상 숨길 수 없어
비쭉 혓바닥을 내밀며 초록 인사를 건넨다
나무마다 마법가루를 뿌린 듯
툭툭 비집고 터지는 팝콘 알갱이들의 향연에
팔을 뻗고 맴돌기를 하고
징검다리 뜀뛰기를 해도
감춰지지 않는 벚꽃 웃음

연애편지 한 장 받고
봄바람을 깨우는 가슴 떨림으로
춘곤증을 앓는다

밤은 행복을 셈하는 가계부

밤안개가 하늘 가득
곳곳에 이슬로 맺히는 시간
노모의 초저녁잠은 하루 일당으로
굽은 호미처럼 새우잠에 취해
흙냄새를 풍긴다

뽀얀 먼지를 띄우며
달려온 개구쟁이들의 고단함
초침의 움직임이 흐물흐물 이불을 덮으면
텔레비전은 혼자 아리아를 부르듯
남편의 자장가로 앵무새가 된다

밤은 어두움이 아니다
가족들의 쉼터로
행복을 셈하는 가계부로
먼 훗날 함께 웃어질 일기장으로
막이 오르기 전
무대 뒤의 설렘이다

너를 위한 아침

실비가 내리고 있다
밤새 외로움을 삭혀 끝내 터트린 눈물
무심했던 내가 미안했다

나만 바라본 이기심이 너를 울게 만들었나 봐
내가 단잠을 잘 수 있었던 시간
네가 곁에 있었음을

내가 환히 웃을 수 있는 건
감춰진 네가 드러나지 않았기 때문임을
이제야 알았다

꿈의 모퉁이를 돌아온 두 아이는
아직 깨어나지 않았지만
비가 온다고 넋두리를 하겠지만
추수를 준비하는 논밭이 좋아하잖아

오늘은 더 열심히 살아갈게
눈부신 햇살로 웃어줄
너를 위해

가면 길이다

덥다 덥다
물 마시듯 연거푸 나온 말이다
몇 차례 소낙비가 쏟아진다
내 말을 엿들은 듯

대본 없는 무대
주인공이 되려면 연습 연습뿐인데
하루하루
가시밭도 걷고
구부러진 곳도 가고
올곧은 길도 가는 개척자

너는 너의 무대
나는 나의 무대
연습 없이 대본 없는 주인공
갑자기 쏟아지는 소낙비도 당황하지 않고
가면 길이 되는 세상살이

겨우살이

울타리 앞 노부부가 붕어빵을 굽는다
작은 화독에 손을 비비며
추위를 녹인다

짤랑이는 동전 몇 개에
끼니를 걸고
코 묻은 아이들의 손때까지
모두 거둬들인 뒤에도
행인의 호주머니를
구걸하는 애처로운 입김

해님도 추워
일찍 자리를 떠난 곳
노부부의 허기는
온기로 남아
분수처럼 퍼진다

구름도 햇살이 그리웠나 보다

그리움이 깊은 만큼
눈부신 햇살은
이기심을 배려로
구름에게 마음껏 자리를 내준다

구름도 햇살이 그리웠나 보다
아침 내내 포옹을 풀지 않더니
이제야 마주 앉아 이야기 중이다
도란도란 이야기 속에
꽃들도 기지개를 켜고
소심했던 나비의 날갯짓도 힘차다

이기심은 그리움이 쌓여
그리움은 사랑의 씨앗으로
버리는 만큼 채워지는
배려와 조화
꽃들도 화알짝 피어나고
휘파람새의 호탕한 웃음도
오늘을 힘차게 한다

그림자의 웃음이 가득한 저녁

저녁밥이 늦었는데도
함께 먹을 여유가 없다
제각기 한술씩 시간에 비벼
허기를 채우고
하루의 실타래를 풀어놓는다

숙제가 많다고 투덜대는 중학생 아들
친구의 딱지를 많이 땄다고 신바람 난 초등생 아들
노모의 구수한 된장찌개에 섞인 입담도
땀 냄새로 얼룩진 가장의 피곤도

오붓한 가정에 둘러앉아
갓 뜯어낸 네 잎 클로버의 풋풋한 냄새로
그림자까지 웃음을 섞는다

보이는 것과 보이지 않는 것

컴퓨터에 일상을 기록하는데
갑자기 몸을 떨더니 캄캄하다
입력된 글자들이 얼음조각처럼 흩어져
발만 동동 구른다

옆에 있어 준 것에 든든했는데
가슴에 상처를 낸다

컴퓨터를 진단하니 노인 중의 노인이란다
한 번씩 심술을 부렸지만
대수롭잖게 여겼더니 단단히 탈이 났다

보이지 않는다고 외면하고
보인다고 살갑게 맞은 차별이
화근임을
너에게 배운다

봄 햇살에 멀미를 한다

이제 막 눈을 뜬 새싹의 향연에
실바람 한 자락이 손을 끈다
겨울 향을 매단 한 움큼의 냉이가
된장찌개를 물고 입을 오물거리며
분주히 아침을 연다
제각기 삶을 어깨에 메고
시간을 챙겨 바삐 움직이면
밤새 보초를 섰던 자동차도 피로를 툭툭 턴다

이슬인지 봄비의 흔적인지
촉촉한 물기가
대문을 열고 나가려는 옷의 두께를 측정한다
꽃샘추위의 변덕을 가늠할 수 없어
초침을 세고 있는데
아침마다 치루어지는 패션쇼의 잔소리도
봄 햇살에 녹아 흐물흐물
멀미를 하고 있다

유모차와 실버카

아가의 탄생에
유모차 가득 선물꾸러미를 싣고
통통 살이 오른 자장가로 꿈을 꾼다
실바람의 축복도
햇살의 젖 물림도
행복은 향기로 아가를 키우고

유모차를 끌던 엄마의 힘찬 발걸음은
에누리 없는 세월의 야박함에
관절염을 앓고
느려진 발걸음만큼의 무게는
기다린 목마름으로 목마름으로

굽어진 허리에 채인 외로움이
눈치 없이 흐르는 시간을
빈 수레에 담고
느릿느릿 걷는 실버카

산등선 위로 웃음만 올려놓고

모처럼의 여유로
가정을 떠난 경차의 모임
햇살 안고 둥글게 둥글게
여고 시절 설렘으로 모였다

배꼽시계의 지나는 통로는
입맛 돋우어진 고속도로

한 사람이
또 한 사람의 입이 열릴 때마다
나무 이파리까지 파르르
허리 잡고 웃음보를 터트린다

긴 그림자 드리우는 시간
가족들의 호출은 땅거미로 깔리고
아쉬움에 떠오른 달은
산등선 위로 웃음만 올려놓고

둘이서

퇴근 후 긴장을 해제할 틈도 주지 않고
저녁상 차리라고 몰아친다, 주부의 이름이

냉장고 문을 열자
텅 빈 냉기만 억지웃음을 웃고 있다
피곤을 장바구니에 담고
슈퍼를 찾아
칸칸이 채워진 허기를 봉지에 싼다
계산을 하고 슈퍼를 나서는데
아들의 자전거가 무거운 짐을 실어 올린다

아들 가진 유세라 했던가?
시선을 마주치는 모두에게
비타민 웃음을 마음껏 나누어 주었다 둘이서

벚꽃의 응원

반가운 봄비에 가슴 설렌 벚꽃들이
활짝 웃음꽃 피운다
아침 출근길에 꽃잎 하나 떨구며
시선을 집중시킨다
이미 곳곳에 꽃잎 카펫을 만들어 놓고
귓가에 속삭이며
"힘내! 힘내라고"
발걸음을 멈춘다
힘겨웠던 지난밤
몸살까지 겹쳐 차마 눈뜨기 싫은 시간
시계의 숙명 같은 습관에 아침을 달린다

아이들이 좋아서
행복해지고 싶어서 시작한 일
설상가상의 많은 현실이 짓누른 일터
피할 수만 있다면 피하고 싶은 순간순간들

나를 바라보는 초롱초롱한 눈망울에 빠져
'깔깔'거리는 그 웃음에 반해
이름 없이 빛도 없이

마음을 읽고 응원해 주는
벚꽃 세리머니에
살며시 입꼬리 올려 미소를 지어보며
주먹을 불끈 쥐고
힘찬 하루를 위해 달음질한다

틈과 여유

지나는 길
돌 틈 사이로 자라는 생명의 웃음이
바쁜 걸음을 멈추게 한다

틈이 있어야 웃을 수 있다
웃음을 잃은 나를 질책하며 웃음을 찾아준다
나를 찾아주는 틈이다 너는

틈이 나야 생명도 자라고
틈이 있어야 내 속의 나도 발견한다
틈은 저절로 생기는 것이 아니라
틈은 내가 만드는 것이다

힘들 때 틈을 만들어 나를 찾아보자
작은 틈 사이로 생명을 키우는 힘은
여유! 마음을 열 여유!
내가 틈을 내야 생명을 뚫을 수 있다

오줌이라도 쌀까?

"할머니, 비가 많이 와야 해?"
"어, 많이 와야 해"
"곡식이 비비 돌아가, 가뭄이 풀려야 될 텐데"
"그럼 내가 하늘에 올라가 오줌이라도 쌀까?"

익살스러운 아들의 기원에
하늘이 웃다가 웃다가
눈물 콧물 오줌까지 지렸는지
쉴 새 없이 내리는 비

골골마다 빗줄기의 요란한 소리
찰방찰방 물길을 가르고
종일 우산과 손을 맞잡고 종알거리며 걷는데

물골을 트며 허리를 두드리는
농부들 웃음이
이랑이랑 물길 따라 깔깔깔

민예 시인의 시 세상

민들레의 미소가
날개를 펴다
—『빈손 계산법』

증재록(한국문인협회 홍보위원)

민들레의 미소가 날개를 펴다
-『빈손 계산법』

증재록(한국문인협회 홍보위원)

1. 꿈을 향한 순환의 길

울림이 통통 튀면서 쉼 없는 순간 순식간을 색칠한다. 봄 여름 가을 겨울 그사이를 좁혀 어울리는 눈의 깊이는 푸르른 동심이다, 아람진 품에서 아름다움이 꽃 피고 열매 맺기까지 꿈을 향한 순환의 길은 영원을 간다. 하루를 새롭게 깨치고 여는 새벽이면 숲속 새의 노래가 창창 울림이다. 지나온 길을 더듬고 내다보는 빛이 몸을 감싼다.

문학의 감수성이 남달랐던 민예 김미화 시인은 여고 시절부터 시 창작은 물론 시 낭송까지 재능을 펼치게 되면서 삶의 아득한 깊이를 잰다. 상상력으로 사물을 거리 없이 포용하면서 은총의 자리까지 사랑의 세계를 찾는다.

순수와 진리의 척도가 올바르고 깨끗하다. 진실을 품어 감춰두었던 지난 자취 그리고 내일을 끌고 있는 시간에 이르기까지 깊은 사색을 하게 된다.

시인을 가만히 만나고 바라보면서 고개를 숙이는 건 민들레의 예쁜 미소가 하늘하늘 날개를 펴 오르면서도 함께라는 살가운 믿음이 있어서다. 매일 매시가 분주한 발걸음, 어린이에게 예능의 동심을 가꿔주며 나라의 미래를 꽃피우게 하는 열정, 그 마음엔 함빡 피어나는 내일이 있다. 사랑과 꿈이 최대치에 이르러 사방을 밝히는 그래서 기다려진다. 하루를 그림 그리듯 여유롭게 날개를 펼치면 그루터기엔 싹이 생글생글 웃는다. 어린이가 한창 재롱떨며 뛰노는 길에 찰랑 민들레꽃을 건다. 오늘이 지나면 새날을 빚는 자연은 따스하고 평화로운 시심의 길을 확보한다. 그분 앞에 손을 모으고 갈증과 갈망을 사랑으로 채워 시심을 헤아리는 시집의 장을 연다.

2. 내일을 내다보는 웃음

세상을 아름답게 칠하는 소중한 걸음걸이의 터, 그림을 그리고, 노래를 부르고, 가락을 엮고 달콤 달착지근한 그 마음을 열고 미소를 넘어 함빡 꽃피우는 마음은 명랑이다. 하루를 아니 내일을 내다보는 웃음 그걸 꽃이라고 부르며, 꽃은 오늘도 아침부터 함빡 피고 꽃잎은 향을 뿌리고 꽃술은 살랑 맛을 당기고,

시내 행인들 대열에서
걸음을 재촉하는 옷차림
허름한 듯 특별한 복장이다
땀으로 얼룩진 디자인은
노동이 묻어있는 향기
마무리되지 않은 서류뭉치 한 아름

부모님의 꼬깃꼬깃한 용돈이
자식들 꿈이
가정의 소박한 반찬이
주머니에서 툭툭 너스레를 떤다

갑질 삿대질로 바느질되고
눈치로 다려진 반들거림
메이커의 로고는 없지만
맞춤인 한 벌 옷
당신만의 유니폼은 명품이다

-「작업복」 전문

　살아가는 길에서 작업 아닌 일이 어디있을까만. 노동이
란 이름에서 땀과 근육이 떠오르는 건 나의 존재가 너에게 의지한 육체적 생존 활동으로 노동력을 제공하고 의식주를 해결함에서일까. 노동은 신성하다를 앞세운 성과주의는 몸을 혹사하기 쉽다. 시련과 불행 아픔이 뒤엉켜 있어도 묵묵하다. 현실을 제 몫으로 하여 바라보는 깊이의 거리 조정이 실패하였다 하여도 그 속의 진실이 오늘을 투영해보는 거울이 되기에 담담하다.

쓰나미처럼 고난이 닥칠 때
힘에 겨워 말할 기운조차 없을 때
내려놓는 연습을 한다

빗줄기 거세어질 때
비가 그치기를 기다리지 말고
우산 들고 당당히 맞서는 연습을 한다

환경이 나를 가두고
움직일 수 없는 압력을 재촉하지만
그 속에서 한 줄기 빛을 찾는 연습을 한다

나는 나다

쓰나미 고난도
거센 폭풍우도
압력에 차 움직일 수 없는 환경에서도

긍정의 힘으로
토닥토닥 쓰담쓰담 어깨를 만지면
뒷짐 지고 저만치 물러났던
감사가 손을 내민다

-「나는 나」 전문

나를 돌아본다는 건 나를 버리고 나서 가능하다. '나' 그 깨달음, 자아. 오감부터 신체의 사지 말단에 이르기까지 의식의 대상, 나는 나다. 내가 헤쳐나가야 하고 그 길이 어둡다면 밝은 내일을 지향하는 촉수를 세워야 한다. 나를 돌아보고 나를 알아가는 것은 삶을 체험해야 깨닫는다. 앞으로 어떻게 일상이 변할지? 과학 기술의 비약적 발달은 변화의 속도를 더 빠르게 할 것이다. 이제 내가 나를 돌아봐야 한다. 나는 어떻게 살아가고 있지? 나는 어디로 가고 있지?

무척 힘들었구나
봉긋 입술 부르튼 것을 보니

조잘대는 참새의 수다
구름의 허언
바람의 너스레까지

온몸으로 받아 꾹꾹 눌러 참고
조각 잠을 자며 아우르는 춤사위

얼마나 아팠을까

침묵으로 피어난 꽃 무더기
눈물이 꽃비 되어
휠~ 휠~ 자유로이

-「벚꽃」 전문

　꾹꾹 눌러 담았다. 바람, 비, 눈, 번개까지 그게 한 해였다. 짧은 한때라고 말하지만 그 순간을 위하여 참고 견딘 인내가 꽃으로 피어오를 때 그 환희. 그건 한 생 바라던 자유였다. 아름다움으로 채색되는 이별의 춤사위는 참고 참아온 고통의 몸짓, 다시는 돌아갈 수 없는 거리가 멀어질수록 안타까운 그리움이 쌓인다. 바람에 나부끼는 사랑의 갈망 또한 다시 찾을 수 없고 돌아갈 수 없음이 오히려 자유스러웠을 거다.

　청소기 흡입기를 통해 쌓이는
　집합체가 빙글빙글 춤을 춘다

수없이 달라붙은 언어의 상처가
스트레스를 쌓는다

입아귀까지 들어찬 부수물을
쓰레기통에 쏟자
먼지가 기침을 한다

흡입구 통을 씻어 말리자
애교를 떨며 처방전을 내민다

-「처방전」 전문

하루하루 날짜를 세워가며 숨을 쉰 만큼 내보낸 먼지
와 오물이 다시 몸으로 들어와 쌓인다. 주위를 빙글빙글
돌고 오늘의 정신세계를 그려나가면서 고백을 통해 시의
내면에 흐르는 사회적 현상을 감지하게 된다. 쓰레기와
오물뿐만이 아니라 허구와 가시 같은 말이 난무하는 현
실에서 새로운 처방전을 받고 치료를 하고 싶은 거다. 삶
의 가장 소중한 사고의 표현 수단인 말은 감정 즉 뜻이
담겨있다. 오염 오용 거친 말의 순화가 필요한 때다.

나이를 먹는다는 건
숫자만 채우는 것이 아니다

울컥이는 가슴을 쓸어 담아도
덤덤히 받아들일 그릇을 키우는 것
어차피 담아야 한다면
큰 것이 되자

상처도 담고
아픔도 담고
그리움도 눈물도
모두 꾹꾹 눌러 담아
썩썩 비벼서
입맛 돋우는 비빔밥처럼
어우러진 맛을 내자

숫자만큼
나이도 키가 크자

-「나이는」 전문

　해가 갈수록 나이는 수를 돌려 올린다. 상처는 감고 아
픔은 덮고 그리움은 싸매고 테를 둘러 감는다. 나이테에
는 한 삶의 족적이 그대로 드러난다. 감정 호소로 출발한
시는 쉼터를 만들고 의미를 담아 둥글게 원을 그린다. 숫
자만큼 크는 나이 따라 성숙해진다는 건 남과 잘 어울리

기 그 깊이에서 친화와 사랑이 자리잡는 충만함을 느끼
게 한다. 낮은 자리에서 높이를 향해 부드러운 정신세계
를 펼쳐나간다.

3. 동심을 꽃피우는 시인

　민예 김미화 시인, 발랄한 손짓으로 시심을 펼친다고
만난 날이 2003년이었으니 햇수로 스무 해다. 마음 하
나 변치 않는 그대로의 동심으로 총총 뛰자며 노란 민들
레꽃을 단다. 날은 날을 자꾸 물지만 그날을 잡지 못해
보내고 떠난다. 이제 올 만큼 다 오고 갈 만큼 다 간 모
양이다. 여전히 내다보는 동심이 풀꽃 마을을 이룬다. 그
자리에서 동심의 길을 트고 간다.
　엄마로 교사로 주부로 딸로 그 분주함 속에서도 털어
내지 않고 간직한 동심 하나가 아름다운 꽃을 피워내는
솔질이다. 길은 두툴두툴 꺼칠하다. 지지고 볶는 삶의 바
닥에서 은근하게 보여주는 아가의 마음이란 사시사철 꽃
이다. 말하지 않아도 손짓, 발짓에서 가슴을 뭉클거리게
한다. 일상은 구수하고 매끄러워야 해! 거리를 감싸면 적
막이 되새김질한다. 내가 나를 새겨보고 안아보면서 비로
소 스스로를 품고 어디쯤 서 있는지를 잰다. 바쁘면 바
쁠수록 시간의 사슬 소리가 끊어져 고요하다. 들녘에 노
랑이 피어나면 희망이 손을 벌려 깃발을 날린다. 아장아
장 방긋방긋 펄럭이는 깃발에 꿈을 달고 웃는 천진스러

움, 언제나 동심과 숨을 쉬면서 맞추는 발걸음엔 따뜻한 햇볕이 비친다. 온통 개나리며 민들레가 꽃을 피워 아늑하다. 하늘, 땅, 거길 밝혀주는 해의 빛이 반짝이며 펼친 노랑, 환하게 열리는 눈부신 창, 거긴 희망이 날개를 펴고 어둠을 품는 따뜻한 사랑이 있다.

민예 시인은 진정 곱고 예쁜 심성이다. 엄마를 극진히 모시면서 안달하지 않고 행복한 가정을 꾸리며 직장생활을 하는 마음이 천진난만이다. 어린이와 함께하는 정서가 꾸밈없는 동심 세계다. 한세상 굽어보지 못하는 참사랑을 시안(詩眼)으로 볼 수 있게 해주신 그분에게 감사한다.

빈손 계산법

김미화 지음

발행처   도서출판 청어
발행인   이영철
영업   이동호
홍보   천성래
기획   남기환
편집   방세화
디자인   이수빈 | 김영은
제작이사 공병한
인쇄   두리터

등록   1999년 5월 3일
         (제321-3210000251001999000063호)

1판 1쇄 발행 2023년 6월 10일

주소   서울특별시 서초구 남부순환로 364길 8-15 동일빌딩 2층
대표전화 02-586-0477
팩시밀리 0303-0942-0478
홈페이지 www.chungeobook.com
E-mail   ppi20@hanmail.net

ISBN   979-11-6855-156-5(03810)

충청북도   충북문화재단

이 책은 충청북도 충북문화재단의 후원으로 2023 예술창작활동 지원사업
공모전 선정으로 지원받아 발간되었음.